L'IMPROMPTU DU CŒUR,

OPERA-COMIQUE,

DE M. VADÉ

Représenté pour la première fois sur le Théâtre de la Foire Saint Germain, le Mardi 8 Février 1757.

Le prix est de 24 sols, avec la Musique.

A PARIS,
Chez DUCHESNE, Libraire, rue Saint Jacques, au-dessous de la Fontaine Saint Benoît, au Temple du Goût.

M. DCC. LVII.

Avec Approbation & Privilége du Roi.

PERSONNAGES.

LEONORE,	Mlle. Mantel.
DAMON,	M. Roziere.
M. SCRUPULE, *Oncle de Leonore,*	M. de la Ruette.
NICAISE, *Cousin de Jerôme,*	M. Bouret.
JEROME,	M. Paran.
LOUISON,	Mlle. Baptiste.
NANETTE,	Mlle Superville.
BABET,	Mlle. Dazincourt.
FANCHON,	Mlle.
JAVOTTE,	Mlle. le Clerc.
Un Marchand de Chansons,	M. de Lisle.
Une Marchande de Chansons,	Me. Paran.
Premiere Marmotte,	Mlle. Prudhomme.
Seconde Marmotte,	Mlle Luzi.

La Scene est dans une Place publique de Paris

L'IMPROMPTU DU COEUR,

OPERA-COMIQUE.

SCENE PREMIERE.

LEONORE, DAMON.

DAMON.

AIR : *Sur vos pas, vos appas.*

N ce jour
Notre amour
Ne rencontre plus d'obstacle,
Quel miracle !

LEONORE.

Oui vos feux

Et mes vœux
D'Hymen vont ſerrer les nœuds.

DAMON.

Leonore, quel bonheur
Succede à la douleur
Qui nous perçoit le cœur !

LEONORE.

Ah ! grands Dieux, quels charmes !
Après tant d'allarmes,
Tout ſert notre ardeur.

DAMON.

Me rebutant je vous vis
Craintive pour LOUIS ;
Vous banniſſiez ma flâme
De votre ame.

LEONORE.

Cher Damon,
Pouvoit-on
Me parler dans ma triſteſſe,
De tendreſſe ?
A ſoi peut-on ſonger
Lorſqu'un pere eſt en danger?

DAMON.

AIR : *Je n'aime point à demi.*

Votre amour pour notre Roi
M'eſt un doux préſage.

LEONORE.

Ce ſentiment eſt en ſoi ·
Même il croît avec l'âge.
Tout François ainſi que moi
A le même avantage.

DAMON.

Rien n'eſt plus vrai. Sans-doute qu'en faveur du rétabliſſement d'une ſanté ſi précieuſe, M. Scrupule votre oncle ne ſuſpendra plus notre union.

LEONORE.

Je l'eſpere comme vous ; mais le voici.

SCENE II.

M. SCRUPULE, LEONORE, DAMON.

LEONORE.

AIR : *De tous les Capucins du monde.*

MON Oncle, notre joie éclate.

DAMON.

La mienne eſt pure, & je me flatte
Que vous voudrez en ce moment....

M. SCRUPULE.

Différons.

LEONORE.

Dieux ! quelle injuſtice !

M. SCRUPULE.

Ma niece, allons plus doucement,
Attendez un tems plus propice.

DAMON.

Air : *De Catinat.*

Peut-il s'en préſenter de plus avantageux ?

LEONORE.

Louis nous eſt rendu. Comblez donc tous nos vœux.

M. SCRUPULE.

Ses jours me ſont trop chers, je veux m'en aſſurer.

LEONORE.

Se livrer au plaiſir, c'eſt bien vous le jurer.

M. SCRUPULE.

En un mot je veux le voir & je pars pour Verſailles à deſſein de m'en convaincre; c'eſt à mes yeux que je veux confier la tranquillité de mon cœur. Je ferai diligence.

Il ſort.

SCENE III.

LEONORE, DAMON.

DAMON.

AIR : *Du Prevôt des Marchands.*

MAis tout doit convaincre ſon cœur.

LEONORE.

Il croit rarement au bonheur.

DAMON.

Quel retard !

LEONORE.

Je m'en plains moi-même ;
Mais en attendant ſon retour ,
Allons avec un ſoin extrême
Faire illuminer cette cour ;

Et tandis que mon oncle donne des preuves de ſon zéle par ſa tendre inquiétude, manifeſtons le nôtre par les tranſports de joie que le Public ſeconde avec tant d'allegreſſe.

SCENE IV.

NICAISE, JEROME.

JEROME.

HÉ ben, Cousin ? Tu dis donc que t'es capabe, toi ?

NICAISE.

Apparemment que sans doute que je suis capabe.

JEROME.

Oui ; mais cependant pourtant il y a queuqu'zun qui t'a soufflé ta Maîtresse.

NICAISE.

Oh ! mais, c'est que....

JEROME.

Quoi ? C'est que ?....

NICAISE.

Oui, c'est que ... parce ... que ... Oh ! va, ça n'fait rien....

JEROME.

Tiens, t'es bête.

NICAISE.

Oh ! oui, tu t'y connois encore, toi ! C'étoit bon autrefois..... Il y a quelqu'tems, par exemple.

JEROME.

V'là qu'eſt ben arrangé ! mais s'agit pas de ç'a.

AIR. *Cependant pourtant ça m'fait ſouffrir.*

L'Couſin Clément t'a donc fait v'nir
Pour à cell'fin de t'réjouir ?

NICAISE.

Oh ! ſans vanité je m'en vante.

JEROME.

Ce ſoir je veux te m'ner partout.

NICAISE.

Eh ! ben, ſi nous allons enſemble,
Ça f'ra que nous n'nous quitt'rons pas.

JEROME.

Tu raiſonnes comme tu parles. Ah ça ;

je t'avertis qu'il y aura fierement de monde.

NICAISE.

Ah! ben, tant mieux; moi j'aime ben quand je suis plusieurs.

JEROME.

AIR : *Mais demandez-moi pourquoi je reviens.*

Quoi ! plusieurs ?

NICAISE.

Hé ! dame oui.

JEROME.

Tais-toi.
Je s'rons morgué plus de cent mille.

NICAISE.

Cent mille ! Combien qu'ça fait ?

JEROME.

Ma foi,
C'est environ tout plein la Ville.
Tu sçais ben qu'la nuit on n'voit goute.

NICAISE.

Oui.

JEROME.

Comme en plein jour je verrons.

NICAISE.

Comme en plein jour ?

JEROME.

Vrament ſans doute,
A cauſe qui gn'y a des lamprons.

NICAISE.

Des lamprons ?

JEROME

Et oui, des lamprons.

NICAISE.

Oh ! pardi, va, j'en ſuis ben aiſe, moi ...., mais quoiqu'c'eſt qu'des lamprons ?

JEROME.

C'eſt comme qui diroit des éclairciſſemens en magniere d'allumations.

NICAISE.

Oh ! j'entends à ç't'heure .... c'eſt-t'y pas de ces choſes-là .... qu'on appelle .... comme quand .... lorſque ... oh ! je ſçais ben ce que j'veux dire ....

JEROME.

Tout juste, tu y es. Pargué t'es ben habile.

NICAISE.

Oh ! j'ai appris à vivre à mes dépens.

JEROME.

On le voit ben.

AIR : *Il faut mon frere.*

C'est ben dommage
Qu'on ne t'ait pas choisi
Pour un message,
Dans ç'quart d'heure-ci,
Pour aller vers le Roi,
L'y porter not'hommage.

NICAISE.

J'm'acquitt'rois de ç't'emploi
Encor plus mieux que toi.

JEROME.

Quoi plus mieux ! eh ben voyons donc avec ton plus mieux, comment qu'tu dirois ? Supposons qu'c'est moi qui suis Sa Majesté.

NICAISE.

Toi ! Oh! pardi oui, t'en as encor ben l'air!

JEROME.

Mais je te dis comme par ſemblant.

NICAISE.

Gn'y a pas de ſemblant là-dedans. T'es mon couſin, par conſéquent ça ne ſe peut pas. Y faut raiſonner dans la vie.

JEROME.

Hé ben ; ç'a vous démont'roit t'y pas un Académiſtre ?

NICAISE.

Mais voyons comme tu dirois, toi ?

JEROME.

Moi, je dirois tout de ſuite, & ſans me faire prier. Tien, écoute.

AIR : *Reçois dans ton galetas.*

Sire je viens devant vous...,

NICAISE.

Pardi ! voyez-donc le gros ſorcier, il le verroit ben, peut-être.

JEROME.

Mais queu raiſon qu'tu me fais donc là ?

NICAISE.

C'eſt que je vous prends garde à tout, moi. Mais voyons, dit toujours.

JEROME.

Sire je viens devant vous,
Au nom de toute la France,
Pour vous dir' qu'j'avons tretous
Ben ſouffert de votre ſouffrance,
Qu'ſi vous nous voyez ben porté
C'eſt parç'qu'vous êtes en bonn' ſanté. *bis.*

NICAISE.

Ah ! jarni, c'eſt bon ça.

JEROME.

Hé ben, voyons, comment qu'tu dirois, toi ?

NICAISE.

Moi, je commencerois déjà d'abord par lui ôter mon chapeau.

JEROME.

Sans doute.

NICAISE.

Hé puis je me mettrois dans la tête tout ce que les François ont dans l'ame.

JEROME.

Hé ben!

NICAISE.

Hé puis je lui dirois avec franchise: Sire je donnerois ma vie pour conserver la vôtre.

JEROME *avec transport.*

Tiens, baise-moi, tu as de l'esprit comme tout le Royaume.

NICAISE.

Oh! dame c'est que dans ce cas-là tout le Royaume fait bien vîte de l'esprit avec de l'amour.

JEROME.

Si tu raisonnois toujours comme

ça, tu ferois le coq de not' famille.

On entend plusieurs voix dans la coulisse chanter.

Une taloche.

JEROME.

Ah! ah! quoiqu'c'est donc que ça?

SCENE V.

JEROME, NICAISE, LOUISON, BABET, FANCHON, NANETTE, JAVOTTE.

LOUISON *tenant toutes ses compagnes par la main.*

AIR. *Noté*, N°. 1.

PAR un beau soir m'y promenant,
Jolicœur sous l'bras me tenant,
Un p'tit Muguet s'approche.

CHORUS.

Un p'tit Muguet s'approche.

LOUISON.

LOUISON.

Il voulut faire le genti,
Décampez, j'vous en averti.
Il m'dit : vous riez, Man'selle Louison.
Moi tout en riant j'vous y applique, zon,
Une taloche.

CHORUS.

Une taloche.

NICAISE.

Elle est méchante, dà.

JEROME.

Tais-toi.

LOUISON.

II. COUPLET.

Là-d'ssus il m'appelle guenon ;
Mon amant à ce beau p'tit nom
Met sa pipe dans sa poche.

CHORUS.

Met sa pipe dans sa poche.

LOUISON.

J'vas, lui dit-il, vous sabouler ;

Mais l'autre au lieu de s'en aller,
N'l'apelle-t-y pas vilain estaff;
En r'merciement il reçut, paff,
Autre taloche.

CHORUS.

Autre taloche.

NICAISE.

Le beau remercîment!

JEROME.

Veux-tu bien te taire?

LOUISON.

III. COUPLET.

Joli-cœur ne badinoit pas,
Même il alloit mettre habit bas,
Pour en v'nir aux approches,

CHORUS.

Pour en v'nir aux approches.

LOUISON.

L'autre en signe d'accomod'ment
Vîte gagne au pied promptement;
Et pour prix d'sa bell' chienn' d'ardeur,
C'est qu'il vous eut diablement peur,
Et deux taloches.

CHORUS.

Et deux taloches.

JEROME.

Ça fait un bon arrêté de compte, ça. Courage, Mlle. Louison; serviteur, & vot' compagnie.

LOUISON.

Hé! c'est Jerôme, autrement dit, Bachot de la Grenouillere.

JEROME.

Oui, je nous v'là avec l'cousin Nicaise.

NICAISE.

Oui, & il est mon cousin aussi à moi.

JEROME.

Cousin issu de germain.

NICAISE.

Issu de germain? Issu de Clément, peut-être *.

* *Parce que dans la Piéce de Nicaise il appelle toûjours M. Clement son oncle.*

JAVOTTE.

Tout de bon, gros gouayeux?

LOUISON.

Il viendra avec nous, car il a le visage bon enfant.

NICAISE *se reculant.*

Je ne veux pas.

JEROME.

Allons, allons, remets-toi.

NANETTE *se moquant de lui.*

AIR. *L'amour a sur la Riviere.*

Voyez donc son air d'aisance;
Monsieux veut-y m'embrasser?

NICAISE.

Pour ça non.

NANETTE.

Par complaisance
Laissez-vous donc caresser.

BABET.

Il a ben l'air à la danse,
Je veux l'prendre pour danser

NICAISE *la repoussant.*

Allons, Mamefelle, danfez avec vos pareilles, s'il vous plaît.

JEROME.

Eft-ce qu'on dit ça ?

LOUISON.

Moi, je veux qu'il me donne le bras dans la foule. Je n'aurai pas peur avec lui, car y f'ra peur aux autres.

JAVOTTE.

AIR : *Ah! mon Dieu, que de jolies Dames !*

Je l'perdrons dans la preffe.

NICAISE.

Laiffez-moi donc là.

JEROME.

Javotte, point d'rudeffe.

NANETTE.

L'beau bijou que v'là !

JEROME *à Nicaife.*

Morgué, toi qu'as d'la politeffe

D'vrois-tu fair' comm'ça ?
Hé! montre qui qu'tes.

NICAISE.

A propos, c'est vrai; moi je n'y pensois pas. Hé ben, voyons: qu'est-ce qui veut que je l'embrasse?

LOUISON.

Là.

NANETTE.

Hé, ben! voyez.

BABET.

Comme y dit ça!

JAVOTTE.

Madame.

FANCHON.

J'ai peur.

JEROME *prenant Nicaise.*

Haut donc; haut donc.

NICAISE *se lance sur elles. Elles prennent ce tems pour l'entourer & chanter en rond.*

TOUTES.

Gai, gai;
Comme il se démene!

Oui, oui,
Qu'il eſt dégourdi !
Gai, gai, comme il ſe démene !
Oui, oui,
Qu'il eſt dégourdi !

NICAISE.

Oh, j'm'en vas vous en donner. Allez.
Il les baiſe.

LOUISON.

Ma chere mere.

BABET.

La belle aubaine !

NANETTE.

Hé ben donc ; hé ben donc, ce pauvre p'tit nez.

JAVOTTE.

Le beau gobet.

FANCHON.

Il ſe dégêle.

LOUISON.

Ah, que nous v'là ben raſſaſiées !

NICAISE *se frottant les mains.*

C'est que je vous ai ben-tôt fait ça, moi.

FANCHON.

Il est ben élevé.

NICAISE.

Hé ben, qu'est-ce qui en veut encore pendant que j'y suis?

Elles éclatent de rire.

LOUISON.

Ça vous f'roit mal.

NICAISE *les voyant rire d'aussi bon cœur;*

Hem! Je vous rends-ti les filles gayes, moi?

JEROME.

Oh, diantre, toi, tu sçais donner l'boüi.

On entend dans la coulisse le refrain suivant.

AIR: *J'étois, j'étois malade d'amour.*

Chantons, chantons,
Cent fois répétons
Vive ce tendre pere.

JEROME.

Ah! ah! des Marchands de chansons: Tant mieux, j'allons faire de bonnes emplettes.

SCENE VI.

Les Acteurs précédens, un Marchand & une Marchande de Chansons, accompagnés d'un violon.

JEROME.

DITES-DONC, Monsieur & Madame Crincrin, approchez, contez-nous ça tous les trois.

M. CRINCRIN.

Allons, allons, mes amis.

PREMIER COUPLET.

AIR *Noté*. N°. II.

LOUIS que le Ciel a formé
Pour regner & pour plaire,
Sera plus que jamais aimé,
C'est le cri de la terre.
Chantons, chantons,
Cent fois répétons,
Vive ce tendre Pere.

TOUS.

Chantons, chantons,
Cent fois répétons,
Vive ce tendre Pere.

II. COUPLET.

Si de tout ſon Peuple allarmé
La douleur fut ſincere,
Le plaiſir dont il eſt charmé
En eſt le vrai ſalaire.
Chantons, chantons, *&c.*

TOUS.

Chantons, chantons,
Cent fois repétons,
Vive ce tendre Pere.

III. COUPLET.

Si le Ciel exauçoit toujours
La plus juſte priere,
Il retrancheroit ſur nos jours,
Pour tripler ſa carriere.
Chantons, chantons;
Cent fois répétons,
Vive ce tendre Pere.

TOUS.

Chantons, chantons,
Cent fois répétons
Vive ce tendre Pere.

NICAISE.

Ah! jarnicoton, c'eſt genti comme tout, ça. Monſieur, donnez-moi donc un Livre.

LOUISON.

Oui, pauvre petit, il l'a ben gagné; on l'a moulé comme par exprès pour lui.

NICAISE.

Hé! qu'eſt-ce que ça vous fait, à toi?

JEROME.

AIR: *Vous fixez un aimable Amant.*

J'vas en prendre un pour nous tretous.

JAVOTTE.

Moi j'en veux un pour cheux nous.

NANETTE.

J'veux auſſi chanter ç'bon cher Maître.
Elle ſe fouille.
A propos j'n'ai pas le ſol vaillant.

FANCHON.

Moi, mon homme a pris mon argent
Pour illuminer not' fenêtre.

Mais ce qu'il y a de bon, c'eſt que v'là des blouques d'oreilles qui la danſeront, toujours.

NANETTE.

Et moi donc ma croix d'argent : ah ! ſi elle revient !

LOUISON.

Et moi ma cornette. Monſieur, attendez-nous.

CRINCRIN.

Eh non, Meſdames votre parole eſt ſuffiſante. Hé puis votre zéle pour notre Roi eſt une piéce de crédit.

TOUTES.

Monſieur, vous êtes ben honnête.

CRINCRIN.

Avancer le ſien pour un ſi beau ſujet, c'eſt de l'argent ſûr.

JEROME.

Oh ! pour ça j'en répondrois ben.

NICAISE.

AIR. *Nous sommes Precepteurs d'Amour.*

Ah! tout ç'a s'ra ben-tôt payé,
Car au lieu d'venir par le Coche,
Moi tout douc'ment j'suis v'nu à pied,
J'ai mis la voitur' dans ma poche.

JEROME.

Comment la voiture?

NICAISE.

Oui; vingt-quatre sols que mon oncle Clément m'a donnés pour aller dans le panier de devant à côté du Cocher, comme un enfant de famille que je suis.

LOUISON.

Mon enfant! vingt-quatre sols! Et vous n'avez pas pris la poste!

NICAISE.

Oh! non, moi je n'aime pas les chevaux.

LOUISON.

Vous n'avez donc gueres d'amour propre?

NICAISE.

Plus propre que vous, dame.....

JEROME.

AIR. *Moi qui veux m'instruire.*

Régale nous donc à présent.

NICAISE.

Ah! pour ça j'm'en pique.

Montrant la Marchande de Chansons.

Mais si j'li donn' tout mon argent,
J'veux toute sa boutique,
J'veux toute sa boutique.

Me. CRINCRIN.

Allons, voyons, beau chaland.

NICAISE *donne ses 24 sols, & prend toutes les chansons qu'il distribue.*

Tenez, ce sont les dragées du cœur, ça.

BABET.

Il a raison, sont les confitures des bons sujets.

NANETTE.

R'mercie, mon fils.

FANCHON.

Ben obligé, mon enfant.

LOUISON.

Merci, mon p'tit cochon de lait.

JAVOTTE.

Ben obligé, mon poulet d'yvoire.

NICAISE.

Hé! puis, v'là pour moi.

JÉROME.

Est-ce que tu sçais lire?

NICAISE.

Moi? Pardi, va, que de reste, puisque je vous lis queuqu'fois une grande page toute entiere sans reprendre mon vent.

JEROME.

C'est donc comme moi, quand je bois pinte à la santé d'not' Roi.

NICAISE *montrant ses trois livrets de chansons.*

Je garde ces trois-là, toujours.

JEROME.

Quoi ? trois ; c'est inutile, puisque c'est la même chose.

NICAISE.

Ça ne fait rien.

JEROME.

AIR : *Les cœurs se donnent troc pour troc.*

Mais c'est trois fois le mêm' tableau.

NICAISE.

Moi j'aim' ça.

JEROME.

Faut qu'tu t'satisfasses.

NICAISE.

Pardi, la Dam' de not' Château
Aime à se mirer dans trois glaces.

Et je mirerai trois fois mon amitié la dedans.

BABET.

Il n'est pardié pas si gnais qu'il le paroît au moins.

LOUISON.

Qu'est-ce qui diroit que ça pense comme les honnêtes gens ?

JEROME.

Oh ! la Province suit toujours la mode de Paris, & c'est une mode qui ne passera jamais, celle-là. Hé bien ! allons-je tretous ensemble courir.

On entend un air de vielle.

Ah ! ah ! quoi qu'c'est donc qu'ça, un renforcement de gaité ?

NICAISE.

Jarni, j'suis ben aise.

TOUTES.

Et nous donc ?

SCENE VII.

DEUX MARMOTTES *& les Acteurs précédens.*

FANCHON.

ARRIVEZ, mes enfans.

NANETTE.

Ah ! les jolies petites Marmottes ? Tiens, vois donc ?

NICAISE.

Où donc ça ?

LOUISON.

Pardine, elles vous crevent les yeux.

NICAISE.

Qui, ça ?

JEROME.

Oui ça ; hé ! qui donc ?

NICAISE.

Bon ! on m'avoit dit que c'étoit fait comme des lapins, & que ça dormoit dix-huit mois de l'année.

PREMIERE MARMOTTE.

Non, non, Monſieur, des Marmottes comme nous ſont, je vous aſſure, bien éveillées.

NANETTE.

Hé! ben, mes enfans, ſçavez-vous quelque choſe ſur l'air que vous jouiez tout à l'heure?

SECONDE MARMOTTE.

Oui, oui, Madame.

PREMIERE MARMOTTE.

Et qui eſt bien vrai encore.

TOUS.

Ah! voyons; écoutons.

PREMIERE MARMOTTE.

AIR: De la contredanſe de la Fontaine de Jouvence: *Non, je n'aimerai jamais que vous.*

De LOUIS la brillante ſanté
Ramene les Ris, les Jeux & la gaité,
C'eſt à qui s'y livrera le mieux,
Le vif enjouement ſe peint dans tous les yeux.

SECONDE MARMOTTE.

C'eſt ſans fadeur que notre cœur l'encenſe,
La vérité ſeule en fait tous les frais.

PREMIERE MARMOTTE.

Chacun le dit comme chacun le penſe,
Le tendre amour eſt l'encens du François.

ENSEMBLE.

De LOUIS la brillante ſanté
Ramene les Ris, les Jeux & la gaité;
C'eſt à qui s'y livrera le mieux,
Le vif enjouement ſe peint dans tous les yeux.

PREMIERE MARMOTTE.

Jouiſſons tous
D'un bien ſi doux;
En le partageant il s'augmente,
Le chagrin ſçut nous réunir;
Mais à préſent c'eſt le plaiſir:
Folâtrons.

SECONDE MARMOTTE.

Soupirons.

PREMIERE MARMOTTE.

Il faut voltiger.

SECONDE MARMOTTE.

Il faut s'engager.

PREMIERE MARMOTTE.

Prends un amant.

SECONDE MARMOTTE.

Nenni vraiment,
Je ſuis contente,
LOUIS vit pour nous.
Jouiſſons tous
D'un bien ſi doux,
En le partageant il s'augmente:
Le chagrin ſçut nous réunir;
Mais à préſent c'eſt le plaiſir.

ENSEMBLE.

De LOUIS la brillante ſanté
Ramene les Ris, les Jeux & la gaité;
C'eſt à qui s'y livrera le mieux,
Le vif enjouement ſe peint dans tous les yeux.

Et ſauta Catharina.

LOUISON.

Elles ſont à croquer.

BABET.

Ma foi, oui.

FANCHON.

A les entendre ſi on ne diroit pas que c'eſt ſoi-même qui chante ça.

NICAISE, *s'approchant des Marmottes.*

Moi, j'aime ben celle-là, & puis l'autre.

PREMIERE MARMOTTE.

En vérité ?

NICAISE.

Comment donc qu'ça se prend ?

JEROME.

Je te le dirai.

AIR : *Sçavez-vous ? bien jeune tendron ?*

On n'peut payer ça ç'que-ça vaut ;
Mais j'vas donner tout ç'que j'possede.

PREMIERE MARMOTTE.

L'argent n'est pas ce qu'il nous faut,
Au zèle l'intérêt le cede ;
Nous exigeons pour tout payement
Que vous disiez en ce moment
Bien tendrement
Vraiment,
Gaiment,
Vive l'auteur
De notre ardeur.

TOUS.

Vive l'aûteur
De notre ardeur.

SCENE VIII. *& derniere.*

M. SCRUPULE, LEONORE, DAMON, *& les Acteurs precedens.*

M. SCRUPULE.

COURAGE, mes enfans.

JEROME.

Allons nous-en ailleurs nous réjouir, v'là une figure sérieuse qui porteroit malheur à notre joie.

M. SCRUPULE.

Non, mon ami. J'espere même au contraire la seconder bientôt.

LEONORE.

Hé bien, mon oncle; vous voyez que nous avions raison de nous livrer au plaisir.

M. SCRUPULE.

AIR : *De tous les Capucins du monde.*

Oui maintenant je suis tranquille,

J'ai vû Louis. Il m'eſt facile
De vous unir, mes chers enfans.
L'himen de ma joie eſt la marque :
Vivez, aimez auſſi longtems
Que nous chérirons ce Monarque.

Mille ouvrages que j'ai déja vûs à ce ſujet annoncent les ſentimens de toutes les Nations pour lui.

LEONORE.

Air : noté. N°. 3.

Qu'on eſt heureux de faire des vers !
Moi plus j'y rêve & plus je m'y perds ;
Mais ce talent ne doit couter rien,
Car il me ſouvient bien
Qu'un auteur en crédit
Dit
Qu'en chantant un Bourbon
Bon,
Dans le ſacré valon
L'on
Se paſſe d'Apollon.

Second Couplet.

En vain Damon me faiſant ſa cour
Dans ſes chanſons me traçoit l'amour ;
Mais il en fit une pour Louis
De bon cœur je l'ouis,

Je lui ſçus par degré
Gré ;
Sur moi ce trait d'eſprit
Prit :
Il put de ſon ſçavoir
Voir
Quel étoit le pouvoir.

TROISIEME COUPLET.

L'objet chéri qu'il me retraçoit
L'enhardiſſoit & m'attendriſſoit,
D'avoir rendu mon cœur ſatisfait
Son zéle triomphoit ;
Non pas en écrivain
Vain
Viſoit-il au renom ?
Non.
Le plus ſimple couplet ;
Plait ;
LOUIS le rend complet.

JEROME.

Hé ! ben, Couſin, comment qu' tu trouves ça, toi ?

NICAISE.

Moi, j'trouve ça pas mal raiſonné ; mais c'eſt pas ben difficile.

JEROME

En dirois-tu ben autant ?

NICAISE.

Hé ! pardine, m'en défies-tu ?

JEROME.

Oui.

TOUTES.

Ah, voyons donc.

NICAISE.

Même air que le précédent.

Moi je n'ai jamais ſçu ben chanter ;
Mais quand il faut montrer qui l'on eſt,
C'eſt que je vous tire adroitement
Mon épingle du jeu.
Je ne dis qu'un ſeul mot
Qui
Prouve que je ſuis au
Fait.
Nous d'vons chérir le Roi
Car
Il nous aime tretous.

JEROME.

Pargué, v'là qu'eſt ben rimé.

NICAISE.

Qu'ça rime ſi ça veut, c'eſt vrai, toujours.

Il montre le Public. Tiens, j'ai d'beaux & & d'bons témoins.

M. SCRUPULE.

C'eſt à merveille, mon ami.

NICAISE.

Sans doute. Hé! ben; mais ces lamprons, quand donc que j'verrons ça?

TOUS.

Il a raiſon.

M. SCRUPULE.

Vous n'irez pas loin.

La toile ſe leve, on apperçoit d'un côté un Buffet & de l'autre un Orcheſtre public; dans le fonds une illumination au milieu de laquelle eſt cette Inſcription en caracteres de feu: VIVE LE ROI. Tous prononcent ces mots avec tranſports Le tout ſe termine par des danſes relatives aux differens caracteres des Acteurs.

N° 1.
PAr un beau ſoir m'y promc-nant, Sous l'bras Jo-
li-cœur me te- nant, Un p'tit mu-guet s'appro-
che, Il voulu faire le gen- ti, Dé campez
j'vous en a- ver- ti, Vous riez, dit-il, Manzell' Loui-
ſon. Moi tout en riant j'vous ap-pliqu', zon,
U-ne ta- lo- che.
N° 2.
LOuis que le Ciel a for- mé Pour regner

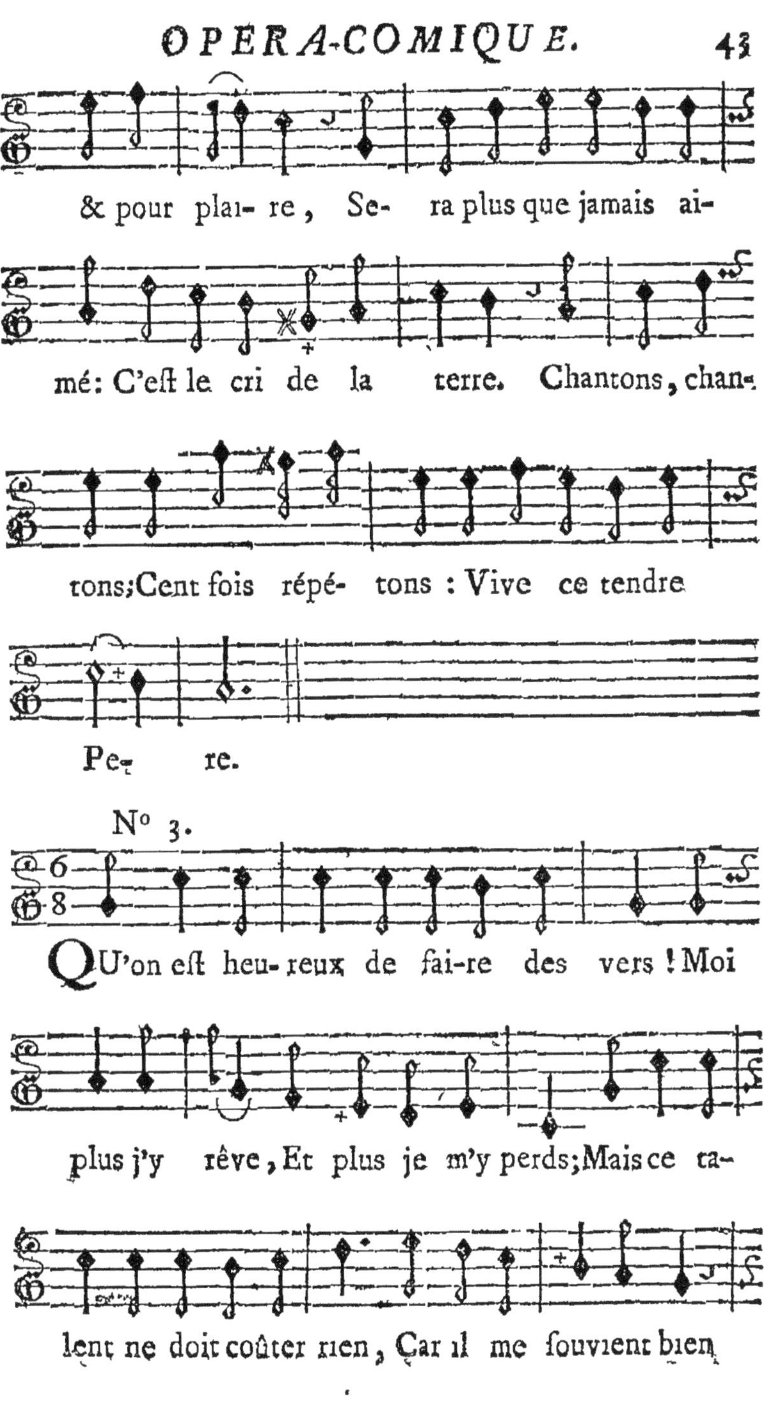
& pour plai- re, Se- ra plus que jamais ai-
mé: C'eſt le cri de la terre. Chantons, chantons; Cent fois répé- tons: Vive ce tendre
Pe- re.
N° 3.
QU'on eſt heu- reux de fai-re des vers! Moi
plus j'y rêve, Et plus je m'y perds; Mais ce talent ne doit coûter rien, Car il me ſouvient bien

Qu'un Au- teur en cré- dit, Dit, Qu'en chantant

un Bour- bon, Bon, Dans le ſa- cré val- lon,

L'on, Se paſſe d'A-pol- lon.

FIN.

APPROBATION.

J'AI lû par ordre de Monſeigneur le Chancelier, *L'impromptu du cœur*, *Opera-comique*, & je crois que l'on peut en permettre la repréſentation & l'impreſſion. A Paris, ce 15. Février 1757.

CREBILLON.

Le Privilége & l'Enregiſtrement ſe trouvent à la fin du recueil des Opera-Comiques.

RECUEIL

De Nouvelles Piéces de Théâtre imprimées depuis 1747 jusqu'à ce jour.

Du Théâtre François.

De M DE VOLTAIRE.

ALzire, Tragédie, in-8°.
Zaïre, Tragédie.
Mahomet, Tragédie.
La Mort de César, Tragédie.
Hérode & Mariamne, Tragédie.

Le Magnifique, Comédie, de la Motte.
La double Extravagance, Comédie.
Benjamin, ou la reconnoissance de Joseph, Tragédie.
Alexandre, Tragédie nouvelle.
Les Hommes, Comédie-Ballet.

De M PIRON, *& autres Auteurs.* in-12.

L'École des Peres, Comédie.
Calisthène, Tragédie.
Les Courses de Tempé, Pastorale.
Gustave, Tragédie.
La Métromanie, Comédie.
Fernand Cortès, Tragédie.
Les Souhaits, Comédie.
Vanda, Reine de Pologne, Tragédie.
Le Plaisir, Comédie avec un Divertissement.
La Colonie, Comédie.
Caliste, ou la belle Pénitente, Tragédie.
Cénie, Piéce Dramatique en 5 Actes.
Le Valet Maître, Comédie.
Varon, Tragédie.
La Métempsichose, Comédie.
Les Engagemens indiscrets, Comédie.
Les Adieux du Goût, Comédie.
Les Tuteurs, Comédie.

Mérope, Tragédie.
La Folie & l'Amour.
La Gageure de Village, Comédie.
La Coquette corrigée, Comédie, 1757.

DU THÉATRE ITALIEN.

De M. *de Boissy*, *& autres Auteurs.*

Le Retour de la Paix, Comédie.
Le Prix du Silence, Comédie.
La Frivolité, Comédie.
L'Amante ingénieuse, Comédie.
L'Héritier généreux, Comédie.
Le Philosophe dupe de l'Amour.
Les Veuves, Comédie.
Le Miroir, Comédie.
Le Bacha de Smirne, Comédie.
Les parfaits Amans, Comédie.
La Mort de Bucephale.
L'Année Merveilleuse, Comédie.
Alceste, *Divertissement.*
Les Femmes, *Comédie-Ballet.*
Brioché, Parodie.
L'Amant déguisé, Parodie.
Le Prix des Talens, Parodie.
Les Jumeaux, Parodie.
La Pipée, Comédie.
Musique de la Pipée.

De M. *de Voisenon*, *& autres.*

Les Mariages assortis, Comédie.
La Coquette fixée, Comédie.
Le Réveil de Thalie, Comédie.
L'École du monde, Comédie.
Le Retour de l'Ombre de Moliere, Comédie.
La Fausse Prévention, Comédie.
La Partie de Campagne, Comédie.
La Gageure, Comédie.
Les Petits-Maîtres, Comédie.
Le Provincial à Paris, Comédie.
La Feinte supposée, Comédie.

La Fausse Inconstance, Comédie.
Le Retour du Goût, Comédie.
Les Lacédemoniennes, Comédie.
Le prix de la Beauté.
La Campagne, Comédie.
L'Epouse suivante, Comédie.
Les Fêtes Parisiennes, Comédie.

Ouvrages de M. Vadé.

La Pipe cassé, Poëme.
Les quatres Bouquets Poissards.
Les Lettres de la Grenouilliere.

Opera-Comiques depuis 1752, du même Auteur.

La Fileuse, *Parodie.*
Le Poirier.
Le Bouquet du ROI.
Le Suffisant.
Les Troqueurs & le Rien, *Parodie.*
Airs choisis des Troqueurs.
Le Recueil des Chansons avec laMusique.
Le Trompeur Trompé.
Il étoit tems, *Parodie.*
La nouvelle Bastienne.
Le Divertissement de la Fontaine de Jouvence.
Les Troyennes de Champagne.
Jerôme & Fanchonnette, *Pastorale.*
Les trois Complimens de la Clôture.
Le Confident heureux.
Folette ou l'enfant gâté.
Nicaise, Opera-Comique.
Les Racoleurs, Opera-Comique.
L'Impromptu du cœur.

De M. Favart & autres Auteurs.

L'Amour au Village.
La Fête d'Amour, Comédie.
Les jeunes Mariés.
Les Nymphes de Diane, avec la Musique.
L'Amour Impromptu, Parodie.
Le Mariage par escalade, Opera-Comique.

Le Troc, *Parodie* des Troqueurs, avec toute la Musique. 3 l. 12 f.

La Magie inutile.

L'heureux accord.

L'Heureux Evénement.

Le Retour favorable.

La Rose, ou les Fêtes de l'Hymen.

Le Miroir magique

Le Rossignol, avec la Musique.

Le Monde Renversé.

Le Calendrier des Vieillards.

La Coupe Enchantée.

Les Filles.

Le Plaisir & l'Innocence.

Les Boulevards.

L'École des Tuteurs.

Zéphire & Flore.

Bertholde a la Ville, *avec les Ariettes.*

La Peruvienne.

Le Chinois poli en France.

Les Fra-Maçonnes.

L'Impromptu des Harangeres.

La Bohémienne, Parodie, avec la Musique

Les Amans Trompés, Opera-Comique.

Les Amours Grenadiers.

Le Diable a quatre, avec les Ariettes.

Choix de Piéces plaisantes représentées sur differens Théâtres Bourgeois.

L'Eunuque, Comédie. *in*-8°.

Agathe, ou la chaste Princesse, Comédie.

Sirop-au-cul, Tragédie.

Le Pot-de-Chambre cassé, Tragédie pour rire, &c.

Madame Engueule, Parade.

Les deux Biscuits, Tragédie.

Le Marchand de Londres, Tragédie bourgeoise. *in*-12.

Momus Philosophe, Comédie.

L'Electre d'Euripide, Tragédie.

Abaillard & Héloise, Piéce Dramatique.

L'Orphelin, Tragédie Chinoise, traduite avec un Essai sur le Théâtre Chinois.

La Mahonoise, Comédie.

www.ingramcontent.com/pod-product-compliance
Ingram Content Group UK Ltd.
Pitfield, Milton Keynes, MK11 3LW, UK
UKHW020406220726
13923UKWH00004B/1769